촌스러운 사람

박혜숙 지음

디자인이음

목차

─────────── 3부 ───────────

──────── 4부 ────────

시인의 말

지나가고 보면 다 촌스러워

나를 사랑했던 네가 그랬고
너를 잊지못한 내가 그랬어

우리들이 보냈던 시간이
시가 되어 읽혀지는 순간
돌아오는 거야

촌스러웠지만 사랑스러웠던
그 모습 그때로

2018년 봄
박혜숙

1부

폭염주의보

동물원에서 우리는 헤어졌다
뉴스에서는 한낮 폭염주의를 당부했다
우리 안에 익어가는 새끼 돼지를 보며
'바로 구워 먹으면 삼겹살이네'
억지웃음으로 돌아본 너의 얼굴 겹겹이 서먹했다
여느 날처럼 한 모금 마시고 건넨 생수병을 받은 너는,
굳이 입에 대지 않으려 폭염과 마주하는 옆모습이
눈부셔
눈물 날뻔했다

집에 갈래?
응.
왜?
덥잖아.
여름이니까.
그러니까.

헤어질래?

응.

왜?

집에 갈게.

동물원에서 나와 우리는 말없이 한참을 걸었다

너와 나 사이 사 차선 도로 위에 해가 쏟아져 내렸다

눈부셔 잠시만 눈을 감았다,

떴을 때 너는 없었다

무작정 아무 버스에 올라타 어디로 가야 하지 나는,

동물원에 내린 폭염만 잠시 피하면 되었다

같이 밥 먹을 사람

하필 너랑 밥만 먹은 기억뿐이라

밥만 먹으려면 올라오는 울컥

또 한 번 수저를 놓고

밥도 못 먹게 해 왜 툭툭 건드리고 가는

너의 뻔뻔함을 마주하면 헛웃음만

다시 잡을 힘도 없어 놓고 만 수저들이

발등까지 찍어 달아나버린

이런 걸 두고 엎친 데 덮치는 투덜대다

입을 틀어막아 급하게 쏟아내고 만

오늘이 고프다

눈사람

가려고 가려다
간신히 돌아섰는데
얼어버린 슬픈 그림자를
밟고 서
가려고 가려는데
또다시 제자리걸음
왜 하필 너와 나
눈길 위에 등지고 서
내 발을 묶은 것은
눈길 탓이지
내 발 앞에 수북이 쌓인
세월 탓이다
미련스럽게 쌓여만 가는
눈길 위에
서서

봄날의 카네이션

그렇게 너를 부르고 싶어
어느 오월 봄날에

어버이날 이브 우린 처음 만났어
몸집보다 커다란 카네이션 바구니를 들고
다니는 내 모습에 반했을지 모른다는
손 편지 쓴 고백

시간이 돌고 돌아 그건 확실해
다시 오월 봄날이
카네이션을 줄 사람이 없을 수 있다는 사실
몸집보다 커다란 카네이션 바구니에 가려서
보지 못했을지도 모른다는 정말 모르는 얘기

넌 카네이션 안 사?
응, 나중에.

나중에 나중에 아주 나중에 알게 된 사실

다음이 와도 어쩔 수 없는 일

넌 살 수 없는 카네이션을 들고 난 또 묻겠지

다음에 다시 만나도 우린 서로 다른 봄날을 살고 있어

사탕

언젠가는 알아줄까
그
언젠가 라는 말이
참 딱딱하고 맛이
없다

촌스런 바다

바람이 분다

나는 바다 앞에 있고 너는 내 뒤에서 머뭇거리다

돌아본 오월의 너는 촌스럽다

조금 서두른다는 것이 늦어버려

우스워져 버린 우리가 마주하는 순간이다

별수 없게 변해버린 나마저도

촌스럽게 부풀려진 머리카락이 차다

봄날의 카네이션 2

어느새 다시 오월이다

나는 또 카네이션을 고르며 서성대다

빨강이 좋을까 분홍이 좋을까

보고 싶은 네가 온다는 길목에서

뚜벅뚜벅 발걸음 위로 후두두 떨어지고 만 내가

주저앉아 줍는 손가락 사이 헤집고는

그 바람에 울다 벌써 흩어져버린 봄날 그 곁에

꽃 한 송이 남겨두고 오는 내 손에 카네이션 바구니

여전히 몸집보다 커다란 그날이 아프다

귀퉁이

이제 매일 생각하며 살지 않고 가끔
그 가끔에도 온전히 너만의 것은 아니며
눈물이 나는 이유는
알레르기 건조함 뭐 여러 가지 이유가 있고
억지로 너를 꺼내놓고 짜여진 내 공책엔
어쩔 땐 나도 만나보지 못한 네가 살기도 하고
보냈다는 네가 돌아와 웃고
보낸 적 없는 네가 저만치 멀리서 손 흔들어
지금 네가 있는 페이지엔 내가 가끔이라도
기웃대는지 궁금해
아주 작은 여백이라도 내어주고 사는지
아직 내 공책 반 이상은 네가 왔다 갔다
서성대고 있거든 사람 헷갈리기 딱 좋게
접었다 폈다 하기 딱 좋은 그만큼만

휴지

한 장이 바람에 흔들리다
가려진 너와 나 사이에 있어
내가 우는지 네가 우는지 모른다
볼품없게 젖어 어느 쪽에든 붙어
손바닥 마주하며 툭툭 털어내면
어느 쪽이든 남게 되는 남이다
언젠가 사랑한 네가 휴지에
적어 보낸 날을 펼쳐보니
너는 번지고 아무 말이 없다
원래 거기 없던 것처럼
지나가는 얇은 바람에도
펼쳐지고 마는 나다

꼭

다시 이별한 것 같다
다시 만난 적도 없는데
꼭 그럴 것만 같아서
다시 만나면
뭘 해도 괜찮을 것 같은
오늘
다시
걸어본다

스물아홉

여전히 일월의 새 겨울은 성질나게 춥다
변한 게 없이 이어져 오는 겨울이 좀 외로워질 때
손가락으로 꼽을 만큼의 내 사람들에게 카드를 썼다
옛사람이라서 카드 속엔 그대 별명 그대로 웃음 나고
적어지는 글자 속에 알 듯 모를 듯 진심을 담아두니
또박또박 써진 글자 속에선 나를 찾아주길 바라본다
물끄러미 보내는 사람 옆에 보내어지는 내 안부를 보다
그저 그런 하트나 하나 그려 넣고 만다
미국으로 부친 고작 책 몇 권 편지 한 통이 전부인데도
따뜻하다 전해온 그녀의 인사에 오늘을 살고 있다
별일 없이 별거 없이 또 별일 없이 살고 있음에
이번 주 내내 한파의 추위병에도
건조한 사무실 안에 갇혀버린 비염에도
오후 내내 졸고 있는 피로한 시선이 닿는 곳에
문득, 그리워 곱씹어지는 사람이 살고
다녀간 시간들이 조금 버거웠음에도 내 곁에 살고

했던 말 하지 못한 말 내내 종이 위에 그대로 있어

곧 봄날이 와도 나는 아플 만큼은 아플 거니까

오지 않는 너도 그대로 있어

문득

오는 날 반겨줘야 해

뭉뚱그리다

스물아홉 여름은 너에게 가지 않을 거라고 말했다
기다린다는 너의 말 앞에 헤어지는 게 좋겠다는
진심을 부친다
언제 내 앞에 와 서성대는 기억들에 오락가락하며
오전엔 슬프다가도 오후엔 뭐가 좋다가도
오늘이 다 가기 전에 후회하고 돌아서다가도
내일은 다른 기분에 살고 있다
너에게 갈까 수없이 하던 발걸음까지는
전하지 않을 거다
오가며 붙잡는 그땐 우리, 그 곁에 잠시 주저앉아도
내가 가지 않을 거란 말이다 너는 거기 있으면 안 되고
우리 이별은 맞는 거고 나는 잘했다고.
이제 더 이상의 말들은 무시하고 무너지고 아무것도
없다
알아도 몰랐대도 소용도 없이 시시하게 불어올 바람에
오늘 하루만 잘 버텨보지 말고 그대로 잘 가는 거다

서른 즈음엔 나란히 걷지 않을 뿐이고 문득 그리다
말고

구슬

네가 가진 유일한 무기 파란 눈
그 눈가쯤 되나 나를 담아두었다는 자리는
잠에 든 나보단 조금 주름진 눈을 쓸다 생각했어
저 눈을 다 헤쳐놓고 싶어 다른 누구 본 적 없게
폭설로 사라진 너의 집 마당 가장자리에 서서
아무도 다녀가지 않은 지금이 좋은데 생각하다
나를 담았다는 너의 자리 어딘가도 녹아있겠지
내가 다녀간 줄도 모르게 내 발자국 위로 다른 내가
서있겠지
못 본 새 좀 야윈 것 같은 너의 얼굴을 쓸며 생각해
내가 가진 걸 다 줄 테니 이거 하나만 내가 따먹자고
유치한 내기를 했지
곧 봄이 오면 아무것도 아니게 될 너를 걸고

종이 위에 울다

어느 날은 종일 울었다
한 글자 두 단어 한 문장이
쉼표 사이를 두고
서너 개의 조각
대여섯 걸음 앞서 나간
기억과 편린
편리할 대로 짜기워놓은
그날 그달
그새 마쳐버린 점과
다시 시작을 머뭇하는 사이
흔들리는 글자를 붙들고
언젠가는 종일 그었다

선을 긋다

사람들은 묻는다
너의 시는 왜 하나같이
마무리도 없이 끝나버린다고
나는 끝을 말한 적이 없는데
정말 마침표를 찍어버리면
영영 달아나 없어질까 봐
언제나 시작을 하고 좀 가다
돌아와 다시 시작을 하는 거라면
그저 내게 배어버린 말투 같은 거라며
서둘러 둘러대고 밖으로 빠져나온다
그래도 그 안에선 살 수 없다는 걸
알고 있다
종이 한 장 차이로 가끔 위태롭게 가도
종이 너머 사는 너에게 갈 수 없다는 게
점점 선명해지고 있다

혹

시집을 낼 때마다 한 권씩 따로 챙겨놓는다
언젠가 전할 수 있지 않을까 하는 기대
언젠가 찾아봐 주지 않을까 하는 바람
언젠가 내가 까먹진 않을까 하는 불안

더 이상 서점 서가에서는 내 시집을 찾을 수 없다
찾을 수 없는 게 시집뿐은 아닐 거고
찾고 싶었던 게 시집뿐은 아닐 거라서
시집을 낼 때마다 습관처럼 따로 떼어 챙겨놓는
내 마음이다

포클레인

거리에 선 채 어쩌지 못하는
나를 안아 올려놓고
닿지도 않는 곳에서 당신,
나를 보고 눈짓해 저기 저쪽
네가 그늘져 번지는
비 갠 하늘을 보라고.
아니 아직 흐릴 뿐이고
시커멓게 반쯤 먹혀버린 나를 등지고
불안한 손을 뻗어도 당신은 보지 않고
곧 비가 쏟아질 것 같아 피하고 싶은
하늘만 마주 보게 내 얼굴 돌려둔다
보고 싶지 않아 고꾸라진 고개 들어
막상 마주한 하늘에 곧,
당신이 쏟아져 내려 눈부시다
눅눅히 말라가는 자리마다 파내며 물어
당신 거기 있어 내일도 봐요 무사히.

러브레터

방 청소를 하다 굴러떨어졌는지 내게 온 건지
발밑에 널브러진 편지 사이에 너의 이름이 있다
뭐야 이 뜬금없는 반가움은,
아슬하게 매달려 지켜보던 상자 하나가 마저
머리 위에 떨어지며 정신이 퍼뜩 들었다
오랜만에 너를 조금 나눠 보고 싶은 마음에
편지를 꺼내 들었다
허공에 펼쳐 형광등 아래 비춰보면 타다 만
귀퉁이 작은 구멍 사이로 반짝하는 순간이 있다
내 이름을 부르는 순간,
오늘 너의 할 일, 그 와중에도
나를 생각했다는 사이사이 글자들엔
손대지 못했다
겨우 귀퉁이 조금 태워 보내고 전부를 가졌다
내게 보내준 네 이름이 아직 상자 가득이다

시

나는 받은 선물보다 사랑한 기억을 쓰고 싶지만

두 번째 만난 날 인사동 길을 걷다
내가 좀 눈여겨보던 수첩과 연필을
언젠가 사 들고 와 수줍게 내밀던 그때 그 선물은
오래 기억하고 있다
꼭 원하는 글 쓰는 사람 되길 바란다, 카드에
어쩌면 그때부터 나는 너를 적어두어야 했는지도

너의 바람이었을까 아직도 불어오면 그때로 가있다

모리 팔찌

소원과 행운을 가져다주는
모리 팔찌를 두 개 샀다
하나는 내 것이고
하나는 네 것일 텐데
하나의 실마다 다른 색의
행운과 소원이 온대서
나는 너로 엮어달라고 했다
네가 나의 행운이고
지금 나의 소원이고
손목에서 끊어질 때까지
풀 수 없다는 게 다행이다
네 손목에 걸어줄 수 없어
풀 수 없다는 게 다행이다

변심

네가 있는 세상이 싫어
다른 세상을 그렸더니
그게 그거다
나만 여기저기 옮겨 다녔지
너는 그 자리 그대로 있다

싱숭생숭

오랜만에 너를 보고 돌아선
나는 좀 핼쑥하면 좋겠는데
점심으로 나온 김치볶음밥이
하필 맛있어 볼이 미어지게
먹고 그래도 한술 남겨두었다
마지막 자존심이고 의리이고
머저리 같은 거다 내게 너는

오해와 진실

술에 취해 흐트러지지 않아서
침묵하는 전화 한 통 걸지 않아
가는 너의 등짝이라도 세게
후려치지 못해서
내가 멀쩡할 거란 너의
장담을 담담하게 듣고만 있어

술에 취할 필요도 없이 무너진
일상을 마주하고
수없이 걸어진 신호음 너머
걸러진 내 전화번호를 확인하고
술에 취해야만 걸어오는 너를
등 떠밀지 못해서

혼자 멀쩡히 가다
둘이 뒤섞인 오늘

너는 끝내 인정하지 않는
나는 끝을 인정하지 않는

사랑을 쓰고 있다
사실은 다 쓰고 없다
다 까서 보여주고 싶었는데
다 까고 남은 게 너밖에 없어
술에 취하지 않아도 충분했다

바퀴벌레

무서워 도망치는 날 안아 올려 너는
즐거운 듯 바퀴벌레 주위를 빙빙 돌아
내게 겁을 주는지 골려먹는지 웃는
네 얼굴을 짓누르고 터져버린 날 나도
같이 울었다
이제 바퀴벌레를 마주하고도 겁은커녕
대수롭지 않게 보내고 나는 잘 지내
어디로 사라졌는지 지켜보지 않아 이제
네가 나를 지켜주지 않으니까

우리가 만난 계절

오월이 오면
봄날에 너를
다시 만나면

언젠가 카네이션처럼
쉽게 가질 수 있어도
쉽게만 줄 수 없는
꽃이 되어주고 싶다
빈손이면 내가 잡아
꽃 한 송이 대신해서
꼭 쥐고 놓지 않겠다

너 오면
어느 계절도
봄날 되어
다시 적는다

악수

먼저 손을 놓았다
능력 밖의 일이었고
예상 밖의 일이었다
거리는 멀었고
마음도 멀었고
멀었던 눈은
누굴 향해 있는지
누굴 보고 걷는지
알 길도 없었고
알 필요도 없었다
이제 다른 누군가의
사람이 되어 서로의
손을 놓아주었다 치고
시간이 가면 사람 마음
변한다 치고

눈에서 멀어지면 마음
에서도 멀어진다 치고
곧 좋아질 모두에
우리만 없어
반갑게 잡은 손
먼저 놓고 돌아선다
다음에 또 보자고
없어도 있다 치고

이름표

내 이름 달고 살던 너
많이 불러주지 못한 나
손에 꼽을까 부르지 않아도
어디 달아날 이름도 아닌데

곧 달아나려는 너
끝까지 내 이름 부르고
당부하고 걱정하고
인사조차 잊지 않고
그래서 한 번을 안 돌아보나

달아나지 못한 난
네 이름만 부르고
자다가도 걷다가도 적고
시도 때도 없이 돌아보고
당부와 걱정 다짐 같은 인사

이미 엇갈린 시와 때에

서로의 이름 달고 살아봤으니

이제 떼어놓고도 살아봐야지

안녕이란 말은

오래 기억할게
가끔 꺼내 또 쓸게
생각나면 울지 말고
웃는 너를 적어둘게
어떤 표정을 짓고
어떤 말들을 하고
생각날 때까진 지어내지 않고
그대로 둘게
너 아닌 새 봄날에 설레어도
적어둔 너를 읽는 시간만큼은
그 앞에 설레
내가 아는 안녕은 그런 거라
올해도 너 모르게

2부

봄바람

늦은 봄인데
나는 이르게 덥다
봄을 기다리면서
실은 여름을 기대했나
계절도 가끔 때를 놓치는데
혹시나 했지
인사동 거리 수많은 사람들
때 지난 때 이른 옷들 사이
불어오는 바람에
봄인가 여름인가 혹시 네가
오나 기다렸나 봐

밤이되면

세상에서 제일 슬픈 노래를 귀에 꽂고
세상에서 제일 슬픈 얼굴을 들여다 봐
부러 울고 싶은 날 너를 불러
이제 내 세상엔 없는

어린이대공원

이게 몇 년 만이야
이제 새끼 돼지는 엄마나 아빠가 되었겠지
여기 없을지도 모르고 시간이 그런 거야
훌쩍 자라 떠난 자리에 그리움만
마냥 좋아 쫓아다닌 우리 달려가 안길 품도
안아줄 사람도 그 자리만 지킬 순 없겠지
우린 언제든 훌쩍 떠날 수 있는 어른이었어

추천사

일생에 한 번 이런 영광을 준
그에게,

바치는 짧은 글 속에 진심을
단 몇 줄로,

수많은 사람들에게 읽혀질
나의 고백을,

두고두고
내 책임을 모두 지고,

일생에 가장 설레는 마침표로
글을 마칠 수 있다면,

나의 그를.

군인

군산고속버스터미널,

내가 내리는 곳 두 팔 벌려
기다리는 너의 품에 달려가
누구 하나는 부서질 만큼
안고 한참을 있으면
혼자 너를 기다린 시간쯤은
아무 힘없이 무너지곤 했다

나를 기다리며
밤새 적었을 손 편지에
졸고 있는 글자들 사이로
보고 싶다는 말은 또박또박
너의 시간이 읽혀지곤 했다

안아줄 알아줄 사람 없이
쓰는 너 없는 내 시간들은
수없이 힘없이 무너져
다시 손에 힘을 주곤
아무 말 없이 접어야만 했다

버스는 떠나야 할 시간이고
창밖엔 너 혼자 손 흔들고

이제 간절한 기다림도
헤어질 일도 우리에겐 없다

시의 완성

시작하며,
염두하며,
첫 마음 첫 단어로
끝까지 내 마음이
이어지는 것

한 호흡으로
쉬지 않고
달려가다가
나도 몰랐던 나를
나열하며,
마주하며,
끝내 소리 내 말할 수 있는 진심

억지로 잇지 않고

잊지 않으며

한 번만이라도 다시 그 안에

내가 들어가

시작하는 일.

이별하는 날

길을 걷다 멈춰 서면
모두가 내게 오는 것처럼
그러다 금방 스쳐 가는 거
우리가 만난 시절이
순간처럼 스쳐 가는
서로를 지켜보고만 있다
이 짧은 순간을 위해
우리가 사랑한 것처럼
종이 위에 멈춰있다

눈 감아

네가 담아준 사진에
내 눈은 다 감고
열 걸음 물러난 곳에서
눈을 뜨라고 소리치는 널
못 들은 척 나는
웃었다 담았다 거리만큼
멀어졌다 가까워지는 널
내 눈은 다 담고 있었다

네가 담아준 사진엔
눈 감은 나뿐이고
눈 뜨지 않아도 넌
웃었다 닿았다 거리 없이
멀지도 가깝지 않은 그날
아홉 걸음 물러난 곳에서
눈 감은 날 말이 없던 널
서로 못 본 척 닫고 있다

인연

우리가 헤어진 시간이
우습게 흘러가는 동안

우연히 한 번을 마주치지 못했다면
우리가 한 번도 우연을 노력하지
않아서일지도 모른다

우리 같은 마음으로 살았다면
다시 보지 않는 게 맞을 거다

동화

『아낌없이 주는 나무』를 다시 읽는다
어릴 적엔 이걸 읽고 어떤 생각을 했을까

내가 너를 너무 아껴 몰라주는 네가 미웠는데
내가 너를 너무 아껴 모르고 간 걸 이젠 안다

아낌없이 주는 것이 너를 사랑하는 일
너 없이도 살아야 하는 내가 할 수 있는

자주 여러 번 오늘도 열두 번 생각날 때마다
너를 꺼내 무슨 생각으로 쓰고 있을까

여전히 아낌없이 주는 쪽은 너인 것 같아
언제나 사랑한다 말해주는 너일 것 같아

다시 봐도 줄 게 없나 찾는 널 찾아가는
내 마지막은 똑같다

취하기 전 진담

아직이냐고 물어서
아직이라고 했을 뿐
올 것 같으냐고 물어
아니라곤 하지 못했다

차라리 아무 소식 없다가
한 십 년쯤 뒤에 왔다면 몰라
잊을만하면 다녀간 시간들이
결국 우린 다시 안 된다는 걸
확인만 시켜준 것 같단 말을
한두 번 본 남자에게
하고 싶지 않은 것뿐

와요, 기다리면 왔어요.

비워지는 술잔에 비해 너무

붉어진 얼굴만큼 어색한 게

내가 기다리는 자리인 거

안다고 마지못해

집

한때 그녀가 살던 집에 대한 이야기를 들은 적이 있다
그의 손때가 묻은 집에 그녀가 살고 짓던 표정 하나까지
그려지던 터에 나도 그를 짓고 있었는지는 몰랐을 거다
그녀가 떠나고 그의 손에 하나둘 허물어져 가던 그날을
그는 웃으며 말했고 그녀의 웃음을 닮아있어 슬펐다
시작도 못 하고 서성대던 터에 그가 한두 번 나타나더니
서너 번 더 다녀가고 아주 머물렀을 때에도 나는 그의
손을 잡고 언젠가 허물어질 준비를 하고 있었는지 몰라

한때 그가 살던 내 집에 대한 이야기를

그런 사랑

모두가 평범하고 시시한 연애를
하고 있으면서도
사랑 같은 거 시시하다 그만해
지겹다 하면서도
여전히 시시하게는 살고 있는데
모든 게 그때 같지 않아
시시하고 그만하고 싶어
지겹게 사랑할 수 없어서이겠지

아름다운 이별

내가 진짜 좋아했는데
이 노래
요즘 노래는 모르겠어
어렵고 편하지 않아

내가 진짜 좋아한 넌
요즘 어떻게 지내는지
듣는 게
어렵고 편하지 않아

다시 들어도
이렇게 슬픈데
다시 만나도
아름다울 수 있을까

이 노래 마지막이

한동안

울게 해

충분할 것 같아

애칭

찾을 수 있다면
그 이름

서로만 부르고
서로만 가졌던

우리의
말로

다행이다

계단 끝에 있는 나만 보고
죽을 듯 숨을 몰아 오르던
너에게
숨 좀 쉬어 하면
내 품에 폭 안겨
숨도 못 쉬겠더라

계단 끝에 서면 너만 보여
죽을 듯 숨을 참고 오기로
버티면
숨 막히게 좋아했지만
다시 숨 쉬고 사는 너를
보면 또 살겠더라

서서

그대가 불편하게 내게 서
읽어내려던 마음
들킬까 들릴까 떨리는 날
아무렇게 두고 간 날들을
적었다

그때는 편하게 마주하고서
읽지 못한 마음
두고두고 그대 잊지 않아
불러했던 날에
죽 그었다

마주친 적 없는 손에 들려
읽혀지는 지금
침 묻혀가며 꾹 눌러 담은
종이 위에 같이
젖었다

한 번 뵌 적 없는 침묵에도
아끼는 문장 하나 빌려다
서로에 인사 전하고
돌아선 등 뒤에 그대로
두었다

잘 읽었다고
잘 지내라고

생일 축하해

멀리서라도
다만

마음이라도
다해
불렀다

사진

사무치게 보고 싶은
네가 찍던 나였으면

배려

네가 떠나고 나는 아무것도 하지 않았다
술에 취해 전화 한번 걸었던 적 없고
무작정 찾아가 마음을 돌려보라 하지도
매달려 울고불고 욕을 퍼붓지도 못했다

네가 떠나고 나는 다 이해했으니까
한때 나를 얼마나 사랑했었는지
무얼 포기하면서 나를 위해 달려왔는지
그래서 이제 변했다고 그때도 변명이란
생각은 하지 않아 아무것도 하지 않았다

그래서 네가 없이도 내가 아무렇지 않게
잘 살고 있는 줄 알고 왜 힘이 드냐고
물었을 때조차 내가 해가 되지 않았으면
생각만 아무 말도 하지 않았다

그래서 내가 너를 귀찮게 흔들어댔으면
아무렇게 굴었으면 네게 해가 되는
사람으로 여겼을지도 모르면서
몰랐던 건 너나 나 그때나 지금이나
똑같아 서로에 대한 배려가 지나쳤나
사랑했었다는데 지나간 과거에 나를
무엇으로 무슨 말로 남겨야 했나
모르겠다

살아갈 날들에 해나 되지 않았으면 했다

배려 2

내가 너를 기다리는 것

해가 지날수록 너를 더
깊이 묻어두는 것도

해가 저무는 일처럼
그저 당연한 것처럼

해가 되지 않기를
내가 떠올라도
곧 지고 말기를

이 기다림도
이 그리움도
다 차지하진 못해

낮이고 밤이고
내가 지고 가는 것

아직 거기까지

내 시가
내 시간이
미처 사라져버리는 것

지금 내게 불안한 것은
그것뿐이다

되도 않는 희망이나
본 적 없는 미래가 아닌

내가 보고
내가 쓰고도
거기까지 미치지 못한

간격만큼 거리만큼
멀어지는 너를 보는 것

거울

어떻게 변하냐며
그렇게 변했잖아
너도

누구세요

끊겨버린 전화는
한동안 울렸다

더는 묻지도,
묻지도 못했다

남과 달라

유난히 힘든 날이 있다
유난히 보고 싶고
유난히 생각나고
유난히 그려지는 날이

여전히 유난스러운 놈
울어야지 뭐,
여전한 나도 여기 있다

무사

언젠가 우연히 읽은 책이
읽다가 다 읽고도 울렸던
그가 돌아왔다

다시 갖고 싶었지만
다시 읽고 싶었지만
다시 만났으면 하지만

아무 일 없이 사는 게
그의 뜻이라면 나는
그대로 받아 적는다

언젠가 우연히 만나도
우리가 무사히 넘어가게
접어두지도 않았다

3부

시절

낡았다고 다 버리는 게 아니다

어긋난 계절

벌써 창문을 열어야 할 계절이 왔고
네가 또 다녀가면 놓아야 할 계절이
옷의 무게만큼 지나온 시간만큼
가벼워질 마음의 무게를 견뎌내면
봄이 설레어 폭염을 이겨낼 수 있는
힘이 내게도 생겨나겠지 자연스럽게
나는 너보다 내 마음을 더 챙기고
시 한 편을 무심히 써내겠지
그 무게를 아는 사람은 또 아는척해 주고
가볍게 스쳐 읽는 사람도 있겠지
너는 내가 아니니까 몰라도 어쩔 수 없는
나는 네가 아니니까 다리 하나 건너는
그 거리만큼 마음의 짐을 덜어줄 수 없어
우리는 또 무심히 이 봄날을 지나다
알게 되겠지 벌써 다녀간 이 마음을

고새

내게
가장 애틋했던
봄날이 가고
가장 힘들었던
계절이 돌아와
있겠지만
잘 지나서
잘 지낸 봄

내가
잊겠지만
또 몰라 한동안
바라본

반대로

내가 바란 건 너의 웃음 그게 전부였는데
네가 나를 견뎌내는 그 얼굴이 전부라서

내 전부가 사라졌어 그래서 떠나는 거야

풍덩

가장 크고 무거운
네가 떨어져 나가
깊게 파묻힌

단 한 번의 고함이
지나간 자리

잔소리

떨어져 있는데 옆에 있는 것 같은
정감 있는 말로 다신 없을 날에

아껴둔 말 서로에 쓰게 써본다

폭우와 몸살

꼭 닮았어

비가 무섭게 퍼붓던 날,
몸에 붙은 살 같던 네가
휩쓸려 가던 날 나는
오늘처럼 아프다고
울었어,
만 원어치 약값으로
너를 지운 줄 알고
괜찮은 것 같은 얼굴로
텅 빈 거리를 보다
영영 올 리 없는 너를
생각해
비는 또 온다는데
끙끙 앓는 소리만
날 울려

느리게 도는 별

아낌없이 주고
애를 태우는
대단한 사람

오래 걸려도
돌아오는 사이

보내놓고
보고싶어

아직 돌아오고
있는 한 사람

홀로

처음부터 어색하지 않았던
날 닮아있을지 몰라
뭐라도 무슨 수를 써서라도
내가 널 만나 네가 날 담아
우리가 닮아있을 시간들이
힘이 되어

이제 혼자 떠나
온 길에
꾹꾹 눌러 담은 마음
새벽까지 이어지는
얕은 빛에 기대 쓴 글자는
깊게 담지 말어
흔들리는 사람에
마음 쓰지 말어

처음부터 나는

바운더리

안과
그 밖에
내가 그어놓은 선
나만큼 잘 알지 못해

그 경계에 서
내가 잘 아는 널
나만 쓸 수 있어

부지런히 흔들어대던 널
부지런히 흩트려놓은 날
자신 있던 말들을 모아
이어 붙인 날들이

어때,
거기서 보니

우표

일주일에 한 번씩 부치던 편지
네가 사 모아 하나씩 아껴 붙인다던
우표 모으는 재미가 있던 시절,

내게만 쓸 거라던 그날의 사연과
재미난 이야기 최고로 잘 쓴 글씨
너무 힘줘 잉크가 다 뭉개졌어도

한 번 늦은 적 없던 편지는
우편함으로 달려가던 내 설렘처럼
무뎌지고 당연해져서 오지 않아도

누렇게 운 편지 봉투에 뗀 자국들
하나하나 아까워 그리워 죽겠는데

네가 내게 오던 시절이 있었다는

증표,

잘 가고 오나 지켜주지 못한 시가

여기 다 쌓여있었네

무게

스쳐 가는 사람이라
쉬운 적 없었어

마음 다쳐가며
쓴 기억이지만

살면서 상처로
오래 남지 않아

견뎌서 되는
사랑은 아니라

노력하며 살지도
않았어

쉽게 쓴 적 없어

흔적은 늘 무겁지

사랑한 시간들이

있는데

무제

있다가 지워졌는지
원래부터 없던건지

어디서부터 시작된 건지
언제 끝나버린 건지

제목 없는 시를 읽다가
사랑했다가
이별했다가

갖다 붙이는 사람 마음

시집

이렇게 많은 시집을 내었는데
기억에 남는 시 한 편 되어
내게 내어준 네 마음처럼
그렇게 오래 남으면 좋겠는데

장충동

여기쯤인가
마침 빨간불이
멈추라고 했고
텅 빈 침묵 사이로
내 머리를 흩트려
덕분에 얼굴을 들고
너의 얼굴을 보고
알고 있었어
어울리지 않게 화장한
내 얼굴을
떨어져 있던 시간만큼
잘 보이고 싶었던 만큼
초라해질 것을
이제 신호가 바뀌면
우리는 같이 건너가
따로 돌아갈 사이

거기까진가
알면서도 다시 설레서
아프고 무너지던 자리

갑자기란 말은 이럴 때 써

봄가을에 경계가 점점 사라지더니
아주 사라져버린 계절처럼
며칠 전까지도 못 견디게 들러붙던
땀방울이
며칠 사이 서늘해진 등뼈 사이사이
스며들어 쓸쓸한 것처럼
봄인가 싶더니 더워 못 견디고
가을 오나 싶다가 몇 겹의 옷 무덤
어색하게 어울린 것처럼
딱딱한 숫자로 기억되진 않지만
선명한 건 여름이었다는
분명한 건 그 여름 우리가 만나
헤어진 것도
덕분에 다음 그 다음 해에도
나를 못 견디게 하는 건 여름이란
계절뿐 너란 사람이 아니라고

사랑하기 전에 설레며 나누던

대화도 사랑한다 속삭이던

그 시간에도 그만하자

혼자 속으로 앓았을 고백

그게 다 어색하고 애매한 것처럼

우리가 그렇게 만나

이렇게 사랑한다는 것도

딱 부러지게 쓸 수 있나

대단한 계절도 사라지는 지금

누구 하나 제대로 설명해주는 사람

없는데

저 혼자 감당하고 감상은 끝났고

가을에

겨울이 오면 좋겠다
꽁꽁 얼어붙으면
마음도
굳어버린
내 손을 잡고도 너는
계속 쓰라 할지
이제 가자 할지
그만 두라 할지

새벽에 잠깐
겨울이 다녀간 것 같기도 해

축 처진 이불을 끌어당겨
세게 안아준 것 같은 일들이
무심히 걸려온 몇 년 만의
전화가 울려온 잠결인지

아주 와버리면 좋겠다
계절이든 사람이든 사랑이든
좀 가만히 있어주면
내가 갔을 텐데

변하고들 그래

젖은 눈물

비는 왜
너는 왜

알 수 없지

하늘이 하는 일을
네가 먹은 마음을
먹힌 구름만큼
검어서 흐려서
보이지 않다가

갑자기 비는 내리고
갑자기 너는 간대고

나는 뭘
내가 뭘

할 수 없지

데자뷰

꿈에서 만난 널 마지막으로 안고
우리 이제 다시 못 보는 거냐고 묻다
깬 것 같은데
그렇다 아니다 대답을 꿈에조차
듣지 못하고 깬 현실에서조차
울어야 했어
정말 눈에 가득한 눈물을 닦으며
아직도 너는 내게 현실이구나 싶어
아직도 내가 두 팔 벌리면
너는 더 크게 두 팔 벌려 안아줘
없던 일이 아니라 지나간 일이라
오늘은 혼자 가는 길이
너무 길고 슬프다

눈꽃

겨울에 꽃이 핀 것처럼
나뭇가지마다 얹혀
매달려있는 너는
견디어주는 누가 있어
'좋겠다, 함께여서'

빛도 없는 찬 벽에
쓸쓸하게 빈 가지에
눈이 오기 시작할 때
떨어지는 눈물은
'좋았어, 함께여서'

다 묻고 봄이 오면
쓸 수 있겠지

4부

지각

그립냐고 묻길래
아니라고 했지

그리는 거라고
그날의 바람
그날의 표정
그날의 말투
그려보는 거야

과장일 수도 있고
부족할 수도 있지

과정일지도 몰라
이게 결말일지도

그 마음이 그립지
그날은 지나가고
그 사람 떠나가고
이게 내 마음이야

다음 이야기

옷장 속 오래된 이야기
촘촘히 쌓여가는 옷걸이
사이 우리가 걸어간
거리만큼 멀찌감치
내가 적어간 시간을 걸어
그때 그 옷이 어울리던
시절이 보고 싶어
네게 잘 보이고 싶던
수줍은 옷들은 이제
촌스러워졌거든

기억

사진첩을 보다가
일이 년은 우습게
지나가 버렸다

시간 가는 게
무서운 밤에
내게 할 이야기가
많아지고 있다

작약

오뉴월에만 피는 꽃
여름 한철 피고 지는 꽃
그래서 특별해서 내게
주고 싶었다고
부끄러운 마음 꽃말로
대신해 수줍게 내밀던

여름 한철 사랑했고
여름 한철 사랑했다고

함박웃음 짓던 얼굴로
내 한 계절을 삼키고 간
참 예뻤던 시절
그 꽃이 아니더라도
특별하지 않은 날은 없었다고
숨어 말하지 못했던

사랑했고 사랑했다고
그 후로도 오랜 계절을

너를 위해 살지 않았던
나를 위한 꽃이 진다

네 이름

끝까지 내내
어쩌지 못해

끝에 쓴

가끔 기다립니다

이제 아주 오지 않고
이제 아주 가지 않게
기다리면 마음 무거울까
기다리면 먼 길 돌아올까

이제 아주 가끔 기다립니다

자주 스치지 않게
자꾸 주저하지 않게
그대 생각은 아주 가끔
그대 생각에 또 자주 올까

마주치지 않게 각자의 방법으로
최선을 다해 돌아 옵니다

아날로그

내가 쓰는 시는 어쩌면 유치해
내가 당신을 기억하고 고르고
쓴 말들이 참 옛날식이고 멋없어
예쁜 거 보기 좋은 거 반짝이던 거
우린 다 해봤잖아 별거 없지
혼자 쓰는 시는 어쩔 수 없어 그래
둘이 기억하고 고르던 말들이
다 옛날 거라 그 맛이 안 나 지금은
나 혼자 쓰려니 지지리도 궁상에
쓸쓸해 당신 나를 기억하면
예쁘지도 않고 멋대가리 없는
옛사랑으로 오래 반짝이게 돼
금방 사라질 색으로 칠하지 말고
있는 그대로 쓰고 그대로 있게
잘 안 보여도 부르면 또 나타나는

바보같은
옛날사랑

한 줄

너무 빨리 가고
너무 빨리 잊어
내가 사랑한 시간들
내가 기다린 시간들

시는
그 시간이 짧아서가 아닌데
짧아서 좋데 단순해서 좋데
그 긴 시간이 묶여 돌아오면

자국은 오래 남아
잃은 당신에게
잊고 사는 당신에게
그냥 산다는 당신에게도
잘 지내는 당신까지도

다시 읽게 해

한 글자 한 글자

필요 없는 순간들은 없어

한 줄만 목숨 걸고 사랑하지 말 것

덧칠

자꾸 지워진다
바람이 조금만 불어도
빗방울 다 떨어지기 전에
벌써 반이나 날아가고
있던 자리만 희미하다

색을 잃은
받침이 사라진 글자
운 것처럼 번진 분필 가루
후후 불어가며
새로 똑같이 이어가는
그 자리

겹치고
겹치고
겹치고

우리가 사랑했다 말았던 게

한꺼번에 일어났던 것처럼

우리가 포개던 입술로

겹쳐 부르던 서로의 이름을

더는 부를 수 없는 것처럼

얼마 안 되는 퍽 짧은 시간이

겹치고

겹치고

겹치고

여름에 서서

곧 올 계절 앞에 무심하게 서서
아무렇지 않게 땀을 닦아내고
좀 이른 볕에 상한 얼굴 위로
흐르는 시간들 서성이던 날들
곧은 그늘아래 숨어 숨을 뱉으면
툭 던져진 그리움이 코를 간질여
곱게 접어둔 네가 오는 계절은
아프고 마음만 앞서 벌써 가서

일렀던 계절은 때늦은 후회로
돌고 돌아, 가고 또 운다

창피해

아무 말도 못 하고 있는
너는 나를 보듯
아무 말도 못 하고 있는
나는 너를 보듯

이 이별이

해가 지고

많이 사랑한 쪽보다
많이 잊어낸 쪽이 이긴 거래

사랑으로 먹고살 순 없는데
사람은 먹고살아야 하니까

사랑에 지쳐서
사는 걸 놓으면 안 되니까

많이 사랑했는데
잊을 게 그리 많지 않은 나는
어느 쪽도 되지 못하고

사랑해가 지고 잠 못 드는 밤
눈뜨면 또 달라져 있을 내 마음

내가 바라본 해의 전부가
네가 될 순 없어

낮 밤 없이 왔다 갔다 해
사랑했다 잊었다

재개발

곧 사라질 길 위에 서있다
곧 사라질 지붕 위에 새들은
앞으로의 일들은 모르고
종알종알 종일 저러고 있다
다시 다른 지붕을 찾아가면
그만일까

곧 사라질 널 위해 쓰고 있다
곧 사라질까 종일 적고만 있는데
다시 다른 사람을 찾는다면
나는
누구를 위해
지어야 할까

수많은 새 지붕 위에
또 새로운 이야기가 모여

종일 떠들고도 남아
사람은 사라진 종이 위에
살았던 날들만 빼곡하게
누가 누구를 사랑했고
누군가의 미담처럼
돌아다닐까

새로 지은 이름 위에
그래도 먼저 살았던 사람을 위해
천천히 지워지면 좋겠다

가난한 당신

사진 찍는 걸 좋아했다
나를 찍는 걸 좋아했는데
그 좋아한 카메라를 팔았다고
추억도 다 팔고 일만 하며 산다고
이제 뭘 좋아하는지도
뭘 위해 오늘을 쓰는지도 모른다고
그저 지난 사진들 몇 장 들춰 보다
내 생각이 나더라고

아직도 기다리는가 묻고 싶었다면
다 팔고 남은 마음 없는 당신에게 갈
내 마음 같은 거
나도 다 쓰고 팔아서
남은 게 책 몇 권이라고
우린 안부 뒤로 숨겼다
마음이 갚아야 할 빚도 아닌데

모른 척 살아도 된다고
마음이 더 가고 덜 가고
마음이 꼭 같아야 할 이유 없지
뭘 아끼고 뭘 팔았든
나이 먹고 먹고사느라고

그런데 어쩐지 좀 슬펐다
어떤지 좀 묻고 따지고 싶은 오늘
내 생각이 나더라고
나는 너무 늦었다는 말 대신
내일은 좋아하는 일을 해보라고
나를 찾는 일은 아닐 거라고 했다
내가 나를 위해 쓰고 있는 이 글처럼

당신 위해서 살아, 아끼지 말고

하품

늘어진 하루 끝에
찢어지게 가난한 당신의 고백

졸리고 고단했다

어떤 달콤한 말보다
따뜻했던 숨소리
깊은 한숨으로 고백하던 날

지루하게 흐르던 눈물

나를 모르고 보내는
가난한 당신을 만나서
하염없이 쏟아지는
하품만 참고 있던 나는

당신 모르게 고개를 젓고
눈가만 젖었다

이 고백은 영영 들을 수 없어
절로 지루하면 좋겠어, 살다가

너의 카네이션

혹시 쓸쓸할 너의 오늘을 기대하지 않는다
너무 애쓰지 말았으면 좋겠다, 웃어 보이려

그렇고 그런 사람

어제 꿈에서 잠깐
이제 꿈에서나 만나는 사이

아주 오래 머물지 않는 사이
책장 위 쌓인 먼지처럼
보이진 않고 손으로 쓸며
느끼는 사이
아, 거기 있어
책과 책장 사이 벌어진 틈만큼
가깝지도 멀지도 않은 사이에

잠시 잊어도 되는

봄

아직 아침저녁으론
찬바람이 불어오지만
들고 나는 한숨처럼
잠시 머뭇거리다 말걸

당신에게 봄은 뭐냐고
그저 겨울 다음 계절이라
말하며 웃어넘겼지만
그것 말고 의미 없어진 지
한참 된걸

내게 당신은 뭐냐고
묻는 듯 그럴듯한 말로
입을 떼려 했지만
잠시 머뭇거리는 동안
이미 없어진 자리가
봄이고 너였고

작가

돌아가고 싶지 않아
돌아와야만 했어
어디서부터 어떻게
너에게 가야 할까

돌아오지 않아
돌아가고 싶었어
그 날부터 쓴 기록이
책이 되고 책임으로
내게 왔으니까

우리가 살았던 시절
책장에 꽂힌 책등처럼
돌아서 있어도
어떤 말이라도 해야 남지
애써 한 사랑인데

제주 선셋

제주에 가면 꼭 하늘을 봐
구름이 손에 잡힐 것 같거든
하늘이 바다가 꼭 하나처럼
나눌 수가 없어서
자꾸 같이 보게 되거든
같은 곳에서 같은 곳을 보는데
조금씩 변하는 하늘색 노을이
눈물 나게 아름답거든
그제야 알았어,
저게 자연스러운 건데
너만 변하지 말고 가만있으라고
나는 오래 저주를 퍼부었어
너를 떠나 제주에 와서야 오래
너를 기다려놓고 오래 못 봤지
이렇게 오래 보면 아는 걸
다 놓쳐버리고
눈물 나게 아름다웠을 우리의
마지막이 지는 것을

편지가 없었다면

그 날 오랜 편지 한 통이 없었다면
나는 시를 쓰지 못했다

부치지 못해도 어디엔가 있을
곁에 있는 당신에게도
답장을 쓰기 시작했다
늦었지만 전하고 싶은 글자들 모아

덕분이라고,
덕분이라고.

촌스러운 사람

추워서 꽁꽁 얼어버린 손을 잡고
그래도 겨울은 좀 추워야 겨울답지
말하던 멋없는 사람

아파서 끝내 닫아버린 마음 앞에
그래도 사랑은 사랑한 사람답게
보내줘야지

겨울에 한 다짐을 봄에 다시 깨우고
더운 계절을 돌아 다시 다짐했던 계절이
오고서야 그리웠다고 말하는 못난 사람

다시 얼어버린 입술 앙다물고
끝내 말하지 못한 마음 시퍼렇게 멍들어

따뜻한 말로 마음 전하는 사람이 오면

사랑은 사랑스럽게
슬픈 얼굴 하지 말라고

이 촌스러운 사람아

미세먼지

없는 봄이 오면 좋겠다고

한겨울 비염에 휴지를 말아

왼쪽 콧구멍에 밀어 넣고

생각했다

미세한 먼지가 더 해롭다지

눈에 잘 보이지 않아 더 어려워

목이 메고 눈이 따갑고

뿌연 공기만큼 어려운 숨을

쉬다 고르다 내뱉기까지

약한 나라서 얕은 바람에도

쉽게 흔들리고 흔드는 대로

미련한 내가 네게 더 해롭지

분간하기도 어려울 정도로

아주 작은 입 모양

네가 없는 계절이면 좋겠다,

마음에도 없는 마음을 쓰지

오늘의 일기

일기예보에선 며칠째 꽝꽝 얼어붙은 날씨가 좀 풀린다고만 했는데 눈만 펑펑 내리다 못해 참을 수 없다는 듯 퍼붓고 있다 잠깐의 감상이 끝나고 곧 쓸어버려야 할 쓰레기, 모른 척 묻힐 마음 같은 거 감당할 수 없기 전에 버릴 것, 참지 못하고 쏟아지던 눈물이 그랬다 그렇게 모른 척 저만 좋은 하얀 세상을 만들어버리곤 갔다 뒤에 있을 감상이고 감정이고 감당은 몰라 저 없이 캄캄한 내 앞의 날들에 선물이랍시고 눈을 주고 눈물을 줬다 이미 얼어붙은 찬 손에 꽉 쥐고 뭉치면 쉽게도 부서졌다 그가 준 건 그런 마음뿐이었다 그래도 눈만 오면 좋다고 뛰쳐나가던 나는 그 마음뿐이었다

다시 이별

다시 생각해보면 참 쓸쓸한 웃음이었고
뒤돌아서 손짓하던 안녕엔 힘이 없었다

뛰어노는 아이 하나 없던 쓸쓸한 놀이터
낡아빠진 벤치에 앉아 하나는 울고 또
하나는 어떤 표정으로 어디를 보고 있는지
그게 고개 숙인 나일 수도 반대일 수도 있다

나는 당장 손쓸 수 없는 눈물과 콧물 범벅인
얼굴을 들 수 없었고 보여주기 싫었고
듣기 싫은 미안하다는 말을 봐주기 싫었다
그 와중에 무슨 할 말이 그렇게 많은지
차라리 가주면 좋겠는데 했으면서
가버린 그의 뒤를 눈으로만 좇다가
에라 모르겠다 더 울어버리고 편의점에 가
휴지를 사서 닦고 또 울고 닦고 또 우는

바보 같은 짓을 삼십 분째 하고 인정했다

어지럽다 자야겠다 자고 일어나
그에게 연락이 오면 못 이기는 척 잡아야지
그러다 울다 깨다 울다 깨다 여러 날
바보 같은 짓을 하다 이걸 다 적어둬야지
나중에 그가 돌아오면 내가 얼마나 힘들었는지
까먹지 말고 다 보여줘야지
그가 힘들었을 시간들이 돌아와서 나를 힘들게
할 줄도 모르고 씩씩하게 적어나가던 내 손에
힘없이 쥐어진 모나미 펜은 잉크가 다 말랐다
어느새 내 모진 말도 마르고 눈물도 마르고
보고싶단 생각과 잊어도 되는 추억도 마르고
기억 속에 웃던 그 얼굴도 촌스럽게 말라
내가 고른 말들은 무미하고 건조했다

무얼 자신하고 사랑했다 말하고
무얼 자신하고 기다렸다 말하고
무얼 자신하고 쓰고 살아왔는지
이제 그와는 상관없는 내 앞으로의 시간들을
쓰면서 그를 애매하게 걸쳐놓고
다시 생각해봐도 참 쓸쓸한 웃음이었고
되돌아 쓰는 안녕은 늘 힘이 없었다

이래 쓰나 저래 쓰나 이별하며 사는 건
다르지 않아 쓸쓸히 웃었다

에필로그

"야, 너 되게 촌스러운 거 알아?"
예임은 그렇게 말했다

"그런데, 가끔 그게 되게 부럽다?
요즘 세상에 그런 사람이 어디 있어 했는데
그 사람 내 앞에 있는 거야,
네가 쓴 시를 읽는데 갑자기 눈물이 나는 거
네가 어떻게 그 사람 좋아했는지 다 알겠어서"

예임은 또 그렇게 말했다
"너처럼 그냥 아무 상관 없이 그 사람이란 이유로
오래 기억해주고 기다려준 촌스러운 사람 하나쯤 있
으면 좋겠다고"

나도 그뿐이라고, 그게 다라고,
나는 말 대신 글로 적었다

P.S.

내가 행복해야 그 사람의 행복을 진심으로 빌어줄 수
있어요
이기적이지만 사람이라 어쩔 수 없이
내가 사랑을 알아야 그 사람의 사랑도 보이고
내가 이별을 받아들인 후에야 그 사람의 이별이
이해되니까요
글을 쓰면서 그 사람과 사랑했던 기억 이별했던 순간
을 다 울고 나서야 진짜 시를 쓰게 된 건지 모르겠어요
그때는 잘 몰랐던 마음 같은 게 다 보이기 시작한 때가
그때가 지나간 후라는 걸 깨닫는 순간이 가장 설레고
가장 아팠어요
사실 지금은 그 사람을 오롯이 다 가지고 있진 못해서
그때 감정, 그때 장면, 그때 말투, 그때 표정, 그냥 생
각날 때마다 써요

그때로 돌아가 종이 위에 머물다 종이 너머로 돌아
와 쓰는 일이 아직도 슬프다가 덤덤하다 시도 때도
없이 이랬다저랬다 해요
다만 한 가지 분명하게 말할 수 있는 건,
그런 일들이 불행하지 않고 행복하다는 거예요
살려고 썼는데 이제 애쓰지 않아도 누가 시키지 않
아도 쓰고 있어요
멋 부리지 않고 그 사람 사랑하고 이별하고 기다리
던 날 있는 그대로 내 식대로 써요
이제 오롯이 내 시간이니까 나만 쓸 수 있어 그게 다
예요

감사합니다, 제가 더.

박혜숙

1986 서울

2007 숭의여자대학 미디어문예창작과 졸업

2010 중앙대학교 예술대학원 문예창작 전문가 과정 수료

　　　문학산책사 신인상 등단

2011 첫 번째 시집 『새드 페이퍼』

2014 두 번째 시집 『종이 위에 울다』

　　　세 번째 시집 『가 시집』

　　　합본 『세컨드 페이지』

2015 네 번째 시집 『연장선』

　　　다섯 번째 시집 『봄날』

　　　에세이 『동물원에서』

　　　에세이 『그리고 시 집』

　　　에세이/시 『그녀』

　　　에세이/사진 『세탁소』

2016 합본 『생각날 때 써』

　　여섯 번째 시집 『고새』

　　일곱 번째 시집 『boundary』

2017 여덟 번째 시집 『ME FOR』

　　합본 『종이 한 장 차이』

2018 청춘문고 『세탁소』

촌스러운 사람

2018년 5월 18일 1판 1쇄 발행

지 은 이 박혜숙
발 행 인 이상영
편 집 장 서상민
편 집 인 한성옥, 채지선
디 자 인 오윤하
마 케 팅 정혜리
펴 낸 곳 디자인이음
등 록 일 2009년 2월 4일:제300-2009-10호
주   소 서울시 종로구 효자동 62
전   화 02-723-2556
메   일 designeum@naver.com
blog.naver.com/designeum
instagram.com/design_eum